김삿갓,
시인아 바람아

이생진 시집

김삿갓,

시인아 바람아

우리글

시인의 말

마음속에서는 늘 떠나라 떠나라 한다. 떠나면 보일 거라고.
내가 보이고 세상이 보이고 그 사람이 보일 거라고. 이것은 시
를 쓰며 내가 나를 보는 방법이다. 나는 시를 쓰며 누군가를
뒤쫓고 있었다. 그런 사람이 난고 김병연이다. 시인이라면 무
조건 김삿갓 같은 사람이었으면 한 적이 있다.

나는 오랫동안 찾아다니던 섬을 접어두고 김삿갓을 찾아 뭍
으로 헤맸다. 그러기 위해 제일 먼저 영월 어둔이골로 들어갔
다. 그곳은 김삿갓이 집을 나가기 전에 가족들과 살았던 곳이
다. 그곳 현씨 집에서 산나물을 먹으며 마대산 닷냥재를 오르
내렸다. 김삿갓에 대한 그리움 때문이었다.

어둔이골 현씨 집 앞에 200년쯤 된 대추나무와 계곡 옆에
250년쯤 되었을 밤나무는 그가 스치고 간 그림자들이다.

그런 그림자 때문에 나의 방랑은 그의 무덤이 있는 영월 와
석리에서 시작해서 태백산, 정선, 동강, 금강산, 무등산, 지리
산, 하동, 광양, 순천, 보성, 그리고 화순 동복, 그가 숨겨 누웠

던 초분지初墳地까지 찾아 다녔다.

생각하면 시대에 처지는 일을 한 것 같지만 시 쓰는 사람의 입장에서는 김삿갓이 결코 그런 위치에 머물러 있지 않다는 것을 확인한 셈이다.

다 털어버리고 다시 시작하자. 시는 떠돌며 써야 제 맛이 난다.

2004년 가을, 이생진

차 례

시인의 맹세

— 김삿갓 · 1

시란

시인에게 굴레를 씌우는 것이 아니라

씌워진 굴레에서 벗어나는 데 있다

떠나는 괴로움과

떠도는 외로움

시인은 출발부터가 외로움이다

불행하게도

방랑은 시인의 벼랑이요

벼랑을 맴돌며 노래함이

시인의 숙명이라면

기꺼이 그 숙명에 동참하겠다고

맹세하마

초혼

— 김삿갓 · 2

'산산이 부서진 이름이여!

부르다가 내가 죽을 이름이여!

심중에 남아 있는 말 한 마디는

끝끝내 마저 하지 못하였구나.'*

소월의 '초혼'이다

이 초혼으로 정주성定州城에 불러들일 사람이 있다

홍경래

김병연

김정식

백기행

모두 정주와 유관하다

정주성의 비애

— 김삿갓 · 3

홍경래는

사마시에 실패하고 10년을 떠돌다

난리를 일으켜 천하를 얻는가 싶더니

정주성에서 막을 내린 민란의 주모자요

김병연은

홍경래에게 항복한 할아버지 때문에

삿갓에 죽장으로 평생을 떠돌다

화순 동복에서 객사한 방랑시인이고

김정식은

스승 김억에게

'세기는 저를 버리고 혼자 앞서서 달아납니다'라는

편지를 끝으로 자살한 정주의 시인이며

백기행*은

'정주성'이라는 시를 쓰고 만주 벌판을 헤매다

남쪽에서 기다리는 연인의 그리움도 잊은 채

생애를 마친 시인이다

너도 역적이다

― 김삿갓 · 4

혁명가란 한결같이 나가다가도
끝에서 몰리면 역적이다
사람들은 사람의 목을 가지고
흥망성쇠를 따지는데
나는 나의 목을 흔들어 그것을 부정한다
우리처럼 나약한 역사는
언제고 무너진 성벽에 기대어
울던 핏자국이다

홍경래의 독백

— 김삿갓 · 5

정주성 성곽은

깊은 밤이 에워싸고

귀뚜라미 목을 조인 듯한

홍경래

"혁명이란 투기야

밑져야 본전이지

생명을 털어버리면 그만이니까

감나무 가지에 걸린 내 목을 봐도 그렇고

대추나무 가지에 걸린 자네 할아버지 목을 봐도 어이가 없어

혁명이란 투망에 걸린 허수아비지

죽으면 그만이니까

가산과 정주를 함락하고 선천으로 들어서자

자네 할아버지 김익순*은 거나하게 취했더군

그곳 부사요 방어사인 김익순이

그처럼 쉽게 무릎 꿇을 줄은 몰랐어

그뿐인가

내가 관군에게 쫓겨 다시 정주성으로 들어오자 김익순은

자기 죄를 피하려고 돈 천 냥으로 조문형을 매수해서

김창시의 목을 잘라다가 자기 공인 것처럼 조정에 바쳤다더군

그래서 자네 조부는 목이 잘리고 자네 집안은 멸문이 됐다지

그렇지 않았던들 안동 김씨의 세를 입어 떵떵거리고 살 텐데

그 때 자네 나이 여섯

그 해 나의 잘린 목은 방방곡곡으로 끌려 다니며

'홍경래는 죽었다!

역적의 말로는 이렇다!'

이것 봐라!"

홍경래는 한숨을 쉬고

김병연은 말을 잃었다

혼끼리의 만남은 의외로 조용하다

다시 정주성

— 김삿갓 · 6

간밤에 혼과 혼이 부딪치던 자리에
'반딧불이 난다 파란 혼백魂魄 같다'
이건 '정주성'에 있는 백석의 시 한 줄이고
'부르다가 내가 죽을 이름이여'
이건 '초혼'에 있는 소월의 시 한 줄인데
두 사람은 정주가 고향이다

정주성의 마지막은
홍경래의 천하가 끝나던 날 밤이다
땅굴로 들어온 90근의 종이 불쏘시개에
1,700근의 화약이 터지자 굳게 닫혔던 성벽이
10여 간이나 날아가 아수라장이고
생포된 사람 3,000명 중
장정 2,000명은 무참하게 목이 잘려
우물에 집어 던지거나
나뭇가지에 걸거나
웅덩이에 생매장 하거나
아니면 불을 질러 시체 타는 연기가

성 안팎으로 한 달 열흘 계속 되더니

다음 해 가을 기적비紀績碑가 세워지고

살아남은 자들의 원성을 땅속에 묻고 짓밟았다

철천지 원수

― 김삿갓 · 7

난리를 일으키는 일과
난리를 겪는 일
이것이 비운이다

김창시*의 목을 천 냥 받고 팔아넘긴
조문형**은 살아남을까
살아남는다 치더라도
김창시의 가족은
조문형을 그냥 놔둘까

"우리 아버지 원수를 어떻게 갚나"
땅을 치며 우는 소리
"내 남편의 목을 자른 놈의 계집 새끼들아
너희들 목은 성할 것 같으냐?"
100년 후에도
이 소리가 들리는 세상은 불안하다

바람아 구름아
— 김삿갓 · 8

여섯 살
대궐 같은 사대부 집에 살았는데
어느 날 갑자기 관군이 들이닥쳐
문간마다 창을 들이대고 쫓아내기에
영문도 모르고 종복從僕의 등에 업혀
황해도 곡산
낯선 집으로 달아나던 그날부터
화순 동복 정씨 집 사랑방까지
50 평생을 집 없이 떠돌았네

'새도 둥지가 있고 짐승도 굴이 있는데
어찌하여 평생 집 없이 떠돌았나
짚신에 죽장 들고 천 리 길 돌아 다니니
바람처럼 구름처럼 닿은 곳이 내 집일세'*

너는 너를 너라고 하지 마라

― 김삿갓 · 9

병연아

너는 너를 너라고 하지 마라

본은 안동

할아버지는 익益자 순淳자

선천부사 김익순

형은 병하炳河

동생은 병호炳湖

너는 병연炳淵

하지만

너는 너를 너라고 하지 마라

이 죽음의 명제

여섯 살에서 쉰이 넘도록

'나는 나를 나라고 하지 않았으며

나는 나를 찾지도 않았다'

살았을 때와 죽었을 때
— 김삿갓 · 10

죽은 뒤에는 우후죽순雨後竹筍

죽 한 그릇 주지 않던 마을까지도

난고蘭皐 김병연金炳淵 시비詩碑라

세웠네

영월에도

마대산에도

무등산에도

화순에도

물염정에도

보림사 가는 길에도

아니 서울 인사동 한복판에도

삿갓 쓰고 죽장 든 그림자

살아서는 죽 한 그릇 주지 않더니

풍비박산

— 김삿갓 · 11

여섯 살

종복의 등에 업힐 때

"이후로는 네 아비가 아니다"

아버지의 마지막 말

형 병하와 나는

서울

개성

평산

신계를 지나

내각산* 기슭 곡산으로 들어가고

어머니는 병호를 업은 채

"얘들아 이제부터 네 어미가 아니다"라며

돌아서서 울었는데

멸문滅門의 가족

이 어둠 속에 흩어져 어디를 헤매란 말인가

또 그 소리

— 김삿갓 · 12

곡산 김성수* 집에
짐짝을 내려놓듯 형제를 내려놓고 떠난 종복
따뜻한 등허리도 그것으로 마지막
김성수 그 어른도
"병하야, 병연아
이건 너희들 이름이 아니다
너희는 김익순의 손자도
김안근**의 아들도 아니다"
왜 이러는 걸까
가는 곳마다
'너는 네가 아니다'

삿갓과 시

— 김삿갓 · 13

'삿갓'과 김병연을 논하라

삿갓은 김병연의 얼굴을 덮은 것이 아니라

삿갓은 백일장의 시제詩題*를 덮은 것이 아니라

삿갓은 효孝와 충忠의 갈등을 덮은 것이 아니라

삿갓은 돌이킬 수 없는 운명을 덮은 것이며

뭉그러진 세상의 아픔을 덮은 것이라 논한다

침 뱉고 돌아선 우물가를 기웃거리다

보기 좋게 거절 당한 창피도 있지만

시인으로 사는 것조차 부끄러워

시를 시집에 담지 않았다고 논한다

침 뱉는 소리
— 김삿갓 · 14

시가 뭔데
과시科試가 되고

시가 뭔데
권력이 되고

시가 뭔데
수탈이 되고

시가 뭔데
변명이 되는가

'이 더러운 거!'
삿갓 속에서 침 뱉는 소리

뻔한 길

— 김삿갓 · 15

'어려서는 세상이 즐겁기만 했고
한양은 내가 자란 고향인 줄 알았는데
집안 어른들은 대대로 부귀영화 누렸으며
꽃 피는 장안 아름다운 곳에 집이 있었지
이웃 사람들도 아들 낳은 것을 기뻐했고
조만간 큰 인물이 될 거라며 기대했는데'[*]

알고 보니 그건 내 몫이 아니다
앞뒤가 콱콱 막힌 가시밭길
무엇으로 달래며 나를 이끄나
심술을 부리기엔 힘이 모자라고
가슴을 채우기엔 술이 부족해
아내여
불쌍한 아내여
삿갓으로 가린 내 속을 알아주오

남편에게

— 김삿갓 · 16

아내는

어디로 가느냐고 묻지 않았다

그보다 묻고 싶은 것은

언제 돌아오느냐는 말

그 말도 침으로 삼키고 말았다

너도 칼을 갈아라
— 김삿갓 · 17

형

왜 이러는 거지

우리 집이 왜 이러는 거야

병호*가 얼어 죽고

아버지가 피를 토하다 가고

병두*가 가고

사방팔방 모두 막힌 길

이거 왜 이러는 거지

서울에서 곡산谷山으로 갈 때

형은 걸리고 나는 업히고

부모와의 생이별 속에

울며불며 겨울 산을 넘고

얼어붙은 강을 건너다

허기진 배를 눈 뭉치로 채웠는데

15년이 지나도록 그 길이니

이거 왜 이러는 거지

모두 안동 김씨 판인데
장원도 급제도 소용없으니
가슴을 헤치고 헤쳐도
꽉꽉 막힌 가시밭길
지금쯤 홍경래를 만나면
'너도 칼을 갈아라' 할 거요
하지만 칼은 선천부사로 끝난 거

나는 떠날래
칼로 벤 것처럼
떠날래

어머니 전 상서

— 김삿갓 · 18

어머니

아무리 피하려 해도

피해지지 않는 날벼락입니다

항복과 참수斬首로 이어진 사슬

차라리 없었으면 하는…….

할아버지와 나 사이

할아버지가 없었던가

내가 없었던가 하는 이 망측함

너무 끔찍한 벼락입니다

장원 급제가 자랑인 줄 알았는데 멸문이요 모욕이니

어머니

이 어이없음 어찌하나요

어머니

죄와 삿갓

— 김삿갓 · 19

어머니
'어머니' 는
어머니 이상의 말 뜻이 없음으로
항상 이불처럼 따뜻합니다
신보다 가까운 데 있는 신神이고
손으로 만질 수 있는 하늘이고
발에 밟히는 땅입니다

어머니
어머니는
항상 어머니이신
어머니
영원이라는 말을 쓰지 않아도
그 자체가 영원인
어머니
이 불효자
벼락맞아 마땅합니다
그리하여

벼락을 피하기 위해 삿갓을 쓴 것이 아니라

벼락을 맞기 위해 삿갓을 쓴 것입니다

어머니 말씀

— 김삿갓 · 20

말해서는 안 될 말까지 하셨습니다
그러다가
보여서는 안 될 눈물을 흘리셨죠
열 살 때 영월 산골로 들어와
낮에는 화전을 일구고 밤에는 삯바느질로
서당에 보내며 하시던 말씀

'너만은 이 집을 일으켜 세워야 한다'

그 말씀
한번도 잊은 적이 없습니다
어둔이골 밤나무에서 울던 왕매미
지금도 가슴에서 울고 있습니다

땅에 떨어진 신분
— 김삿갓 · 21

신분 없이도 장가들면 아기가 생긴다

학균이가 그런 자식이다

그렇다면 나도 사람 노릇한 거 아닌가

그러다가도 젊은 오기에 불이 붙으면

달려가고 싶은 곳

서울은 그런 곳이다

이름을 바꿔본다

김병연을 김란金蘭이라

자를 이명而鳴이라

호를 지상芷裳이라 바꿔봤지만

모두 허사다

벼슬아치의 문간을 기웃거려본다

눈을 부라리고 대문을 닫는다

속으로 어머니의 말씀을 되새기며 이를 악문다

'너만은 이 집을 일으켜 세워야 한다'

그것도 허사다

선천부사 김익순의 자손은 이미 금이 간 자손이다
마지막으로 안동 김씨의 벼슬아치에게 호소해본다
'당장 물러가라!'

어머니

가장 따뜻하게 맞아들일 줄 알았던 안동 김씨마저 문전에서
찬물을 끼얹을 적에는 앞이 캄캄했습니다 글재주가 뛰어나고
백일장에서 장원을 해도 쓰러진 가문은 일어서지 않는다는 것
을 알았습니다 형이 세상을 떠난 뒤 형을 대신하여 어머님을
모셔야 도리인 줄 압니다만 세상은 할아버지 목에만 칼을 댄
것이 아니라 저의 목에도 칼을 대고 있으니 어머니의 눈앞에
얼씬거리는 것조차 어머니 마음을 상하게 하는 일이기에 어머
니 곁을 떠납니다
어머니
불효자를 용서하십시오

술
— 김삿갓 · 22

'이놈들아!'
술은 힘이다

고백하노니
너와 나는 무서운 인연
술은 숨이다
술이 끊어지면 내가 끊어진다
술은 대변이다
술이 없으면 내가 없다
백百이 나를 아니다 라고 해도
술 하나는 나를 나라고 한다
술은 나다
나는 제왕이요 무서운 폭군이다
술은 칼이다
푹푹 들어가는 칼이다

하지만 왠지
나는 쓸쓸한
칼이다

와석리 가는 길

— 김삿갓 · 23

와석리臥石里* 가는 길
묻지 않고 물 따라 간다
물은 여자처럼 아름답다

산과 물이 좋아 매미 되어 흥얼거린다
'죽장에 삿갓 쓰고'** 하다가
'한 많은 이 세상'** 하다가
'콩밭 매는 아낙네여'** 했더니
창백한 얼굴로 아내가 앞을 막는다

여기가 어디요

― 김삿갓 · 24

기침소리로 아내 얼굴을 지우며 간다
난곡 김병연 선생 묘소 앞에 엎드려
한 번만 만나게 해달라는 애원으로
술 한 병 다 비우고
두릉골 싸리골 곡골 노루목골
열두 계곡을 발목이 시리도록 기어올라
열세 번째 계곡에 이르러
검은 장화발로 검은 돌 쌓는 이 있어
"여기가 어디요" 물었더니
"여기가 어둔이요"
"어둔이가 어디요" 다시 물었더니
"김삿갓이 살았던 마지막 마을이요"

계곡물 소리에 멍청한 귀
어쩔 줄을 모르고 내 짐을 내려놓는다

물의 고향
― 김삿갓 · 25

와석리臥石里 어둔이골
깊은 마대산* 골짜기
해가 일찍 지고 늦게 떠서 언제나 어두운 곳

하늘에서 떨어지는 빗방울이 나뭇잎에 떨어지고
다시 바위 밑으로 스며들어 가늘게 시작되는 강
강은 강원도 경상도 경기도를 따지지 않고
낮은 데로 내려간다
물은 낮은 데가 고향이다

구름에 달 가듯이
— 김삿갓 · 26

'구름에 달 가듯이 가는 나그네'[*]

알고 보면 구름도 서러워 가는 거

병연 일가

폐문에 쫓겨 어둔이로 왔지만

나를 재워준 현씨 부부 무엇에 쫓겨 이곳에 왔나

밤새 소쩍새 울어대기에

서러워할까봐 묻지 않았다

어둔이골
— 김삿갓 · 27

영월 와석리 신기한 마을

명생동命生洞

미사리未死里

죽음을 피할 수 있다는 어둔이골

정감록에 씌어 있고 남사고南師古*가 예언한 산골

산 깊고 물 맑아 살과 뼈가 시원해라

땅이 비옥해서 화전 일구기 쉽고

고사리만 가지고도 삼 년은 견디겠네

기묘사화 때 조광조 후손이 피신해 왔고

홍경래란 때문에 김병연 일가가 숨어 살았던 곳

하지만 젊은 현씨** 뭘 피해 이곳에 왔나

책 천 권 짊어지고 들어와

책은 안 읽고 땅만 파네

영월 삿갓촌

— 김삿갓 · 28

바람아 구름아 하며 떠돌던 나그네
지금 영월 계곡에 들어서면 무어라 말할까
건너는 다리마다 삿갓 쓴 난간이오
너른 바윗돌엔 김립金笠 시詩 일색일세
계곡 이름이 김삿갓이오
민박집이 김삿갓이고
구멍가게도 김삿갓이니
개성읍에서 쫓겨난 시객 쓴웃음 치겠네

'문을 연다는 개성開城인데 왜 문을 닫으며
솔이 많아 송악松嶽인데 왜 땔감이 없다 하는가'*
황혼에 쫓기는 나그네를 다시 쫓는 인간아
동방예의지국에 자네만큼 쓸개 빠진 놈도 없네

시 읽는 소리
— 김삿갓 · 29

세월은 가고

사방에 삿갓만 남았다

닥치는 대로 새겨놓은 이름

난고蘭皐

김병연金炳淵

시선詩仙

김삿갓

방랑시인

김립金笠 선생

그는 누구인가

젊어서 허리 부러지던 소리

어둔이골 밤나무*가 읽는다

쩍쩍 갈라진 바위처럼

신분이 갈라지던 소리

선천부사에 방어사

김익순의 과오를 되뇌며

한여름 매미가 읽는다

떠돌이 타령

— 김삿갓 · 30

가진 것 없으니 빼앗길 것 없고

줄 것 없으니 받고 싶지 않네

때리지 않으니 맞을 이유 없지만

어디서 들려오는 서러움인가

어려서 흘린 눈물이 씨앗이지

사전을 뒤진다고 시가 나오나

세상을 읽으려면 길을 떠나야

설움이 몸에 배지 않고서

부르는 노래가 뼈저릴 수 있나

책상머리에 앉아 머리를 짜내고

문장을 썼다 지우는 문장

그것만이 시작詩作은 아닐세

사물을 보면 비수처럼 찌르는 감동

그게 샘물처럼 솟아야

편안한 침대에 누워 꿈을 꾼다고

세상 일이 다 꿈속으로 들어오나

시인이면 떠돌아야

들꽃처럼 노천에서 이슬도 맞고

민들레처럼 남의 발에 채이기도 하며

끝없는 길을 외롭게 떠돌아야

엽전 일곱 닢

— 김삿갓 · 31

술 마시고 빙그레 웃다가
설움에 겨워 머리를 떨구다가
오기에 찬 코를 골다가도
눈 뜨면 지팡이에 손이 가네

'천리 길을 지팡이 하나로 떠돌다 보니
남은 엽전 일곱 닢 그것도 많아
주머니에 꼭꼭 숨겨뒀는데
석양에 주막집 술을 보니
어쩔 줄 모르겠네' *

달도 갈 곳이 없네
— 김삿갓 · 32

톡톡 털어 술 마시고

죽장 짚고 일어서니

갈 곳이 없네

'이대[竹]로 저대로 발 가는 대로

바람 치는 대로 물결 치는 대로

밥이면 밥 죽이면 죽······.' *

주는 대로

죽도 없으면 하는 수 없지

대문 밖에 달

내가 가는 대로

따라오네

탄식

— 김삿갓 · 33

오늘은

달도 굶고 나도 굶었네

굶은 달이 나를 보고 눈물 흘리기에

나는 아니라고 머리를 저었지만

달이 먼저 내 눈물을 보았다 하네

'새벽에 다락으로 올라간 것은 달 구경 때문이 아니고

사흘씩이나 굶은 것도 신선 되고 싶어 그런 것이 아니네'*

시인은 웃음보다 눈물을 알아야

그것을 모르고

어찌 밥을 알겠나

비에 젖은 나그네
― 김삿갓 · 34

시는 비유요
비는 시름이라

'새벽에 일어나 온 산이 붉게 물든 걸 보고 놀랐네.
가랑비 속에 피었다 가랑비 속에 지네.'*

시는 비유요
낙화는 수심이라
꽃과 나비가 없었던들
내 어찌 집을 나왔으며
집을 버리고 산천을 찾은 것은
설움을 나눌 산수가 있기에
하지만 그것도 잠시
산수 곁을 떠나니
집 생각 여전하네

죽 한 그릇

— 김삿갓 · 35

죽 한 그릇 앞에 놓고
주인도 울고 나그네도 우네
죽 그릇에 떨어진 눈물
떨어뜨려본 사람이나 아는 거

'네다리 소반에 멀건 죽 한 그릇
하늘에 뜬 구름 죽과 함께 떠도네
주인이여, 미안히 여기지 마오
물 속에 비친 청산 내가 좋아하니'*

그래서 병연炳淵이 위대한 거라
시를 잘 써서 위대한 게 아니라
죽 그릇에 뜬 구름 건져내는
그것이 위대한 거라

여섯 살
— 김삿갓 · 36

여섯 살 먹은 우구*가
여섯 살 때 익균**이 같다
엄마 손 잡고
어둔이골*** 내려오는데
멀리 떠난 아빠보다
옆에 있는 엄마가
마음 아프다

"우구야, 너 다리 아프지"
"아니, 엄마 손 잡으니까 안 아파"
익균이 살았던 하늘이
가까이 내려와 우구 손에
별 하나 쥐어준다
하늘에 있는 별보다
무겁다

아빠의 꿈

― 김삿갓 · 37

우구 아빠*는 황소다

하루종일 땅을 갈아엎고

산비탈에 벌통을 세우고

채마밭에 채소 심고

오줌똥 받아다 토마토 밭에 얹고

풀 베다 퇴비 쌓고

그래도 타산이 맞지 않아

아들과 아내 산골에 두고 떠났다

책 읽으며 글 쓰는 일

그것이 꿈인데

현실에 발등 찍히고

날품팔이 나섰다

우구는 엄마랑

밤이 긴 산허리에서

소쩍소쩍 날을 샌다

아내의 편지
— 김삿갓 · 38

간밤엔 우구 옆에서 책을 읽었어요

시인들이 놓고 간 시집이죠

낮에는 고추 따고 마늘 다듬고

호박씨 말리다가 고구마 캐고

나뭇잎 긁어다가 불쏘시개 하고

콩나물 물 주고 옥수수 매달았죠

산에 가다가 들른 사람들이

왜 산에서 사느냐고 묻기에

웃으면서 산엔 왜 가느냐 했지요

'시를 좋아하는 모양이군요'하기에

글줄을 비켜서 웃기만 했어요

그럼 무엇이 좋으냐고 묻기에

그것도 웃어 버릴까 하다가

봄엔 고사리가 좋고

여름엔 계곡물이 좋다고 했더니

'가을엔?' 하고 또 묻는 거 있잖아요

대답하지 않았어요

산에서 사는 것이 흉이나 되는 것처럼

왜 예까지 와서 사는 것을 캐묻는지 몰라요

감나뭇잎이 떨어지고

밤나뭇잎이 몇 개 남지 않았네요

김장을 해서 양지쪽에 묻었어요

이제 수숫대를 뽑아야 하겠어요

그걸 뽑고 나면 눈이 오겠죠

눈 오기 전에 다녀가세요

겨울 옷 가져가야죠

우구는 장난감을 쥔 채 자고 있어요

우구는 외계인이 되겠대요

기다리는 사람
— 김삿갓 · 39

내가 김삿갓을 쓰고 있을 때

나도 모르게 김삿갓이 되어가고 있었다

솔직히 말해서 김삿갓이고 싶었다

그런 마당에

어둔이골에서 김삿갓 같은 우구 아빠를 만났고

익균* 엄마 같은 우구 엄마를 만났을 때

나는 190년 전 사람으로 돌아갔다

그 후 우구 아빠는 돈 벌러 나갔고

우구와 우구 엄마만 어둔이골에 남았을 때

나는 화전火田의 세월을 걷어내듯

칡덩굴을 걷어내며 우구를 익균으로 보고

우구 엄마를 익균 엄마로 보는 입장에서

우구 아빠는 돌아오겠지만

익균 아빠도 돌아올 거라는 기대를

익균 엄마처럼 버리지 못했다

눈 밟는 소리
— 김삿갓 · 40

무정한 사내
어떻게 저만 털고 나갈 수가
상상도 못할 일
하지만
지금쯤 어느 계곡 얼음물 마시고 있을까
원망이나 하듯
짚신발 얼어붙네

디딜방아* 찧던 아내
방앗소리 재우면
눈 밟는 소리
그 사람
어디서 떨고 있을까

김종직의 금강산
— 김삿갓 · 41

1

아무도 역사를 고요한 강이라 하지 않는다

칼은 잔인하다

아니다 붓이 더 잔인했다

김종직이 벽에 걸린 유자광의 시를 떼라고 하자

유자광이 김종직의 조의제문弔義祭文*을

연산군에게 일러바친다

그러자 연산군이 부르르 떨며

'그 놈을 무덤에서 끌어내어 목을 베고 길거리에 버려라'

김종직 죽은 지 6년 만에 무덤에서 끌려 나오자

연산군 또 한번 호통을 친다

'그 놈이 분명 그 놈이냐?'

대답이 없다

2

살아서 금강산에 오르며

'부관참시'를 상상이나 했을까만

나도 모르게 내뱉은 글

'길가에 버려진 해골에게 누가 그의 이름을 물어보랴'**

이럴 줄이야

가슴을 쥐어뜯는 이 한 줄의 글

이럴 줄이야

이런 김종직

금강산에 왔을 때 무슨 생각했을까

밥 먹고 가게
— 김삿갓 · 42

어떤 사람은 죽기 전에 금강산이라 하고

어떤 사람은 금강산도 식후경이라 하데

배고픈 설움 금강산이 알아주나

먹고 가게 죽이라도 먹고 가게

목숨이란 보기보다 측은한 거

먹고 가게

죽음도 먹어야 가네

금강산

— 김삿갓 · 43

세상 사람들

고려국에 태어나 금강산 한 번 보길 원하는데

고려국에 태어난 사람이

금강산 한 번 못 본다면 말이 되나

하지만 금강산도 식후경이라

난고 김병연!*

주린 배 움켜쥐고 금강산 가네

왜 가느냐 묻지 마오

나그네란 속 빈 구름

구름 보고 '어딜 가느냐'

물어 무슨 소용인가

녹수야 너는 왜

― 김삿갓·44

'나는 지금 청산으로 가는데
녹수야 너는 왜 내려오느냐'*

허리띠 졸라매고 산을 넘는 시인 묵객
호연한 기상에 넋을 잃고
'이거야, 바로 이거!'
봄에는 금강
여름엔 봉래
가을엔 풍악
겨울엔 개골
그것도 부족해서
선산仙山, 상악霜岳, 열반涅槃하며
바위처럼 움직일 줄 모르네

구룡폭포*

— 김삿갓 · 45

입안에서 맴도는 자멸감

'시가 뭔데!'

천만 년 쉬지 않고 쏟아지는 폭포 앞에서

생니 뽑아가며 시를 쓰자 하는가

아무리 잘 써도 산수山水 같지 않으니

그게 어찌 이빨 탓이랴

시가 안 된다고 이를 뽑는 노승老僧이여

시는 자학自虐에 있지 않고 자해自解에 있나니

헛된 말 말고 바위처럼 입을 다무시라

산은 무엇을 버렸기에

— 김삿갓 · 46

'책 읽느라 백발 되고 벼슬 구하느라 바싹 늙었네
천지는 무궁한데 한낱 사람의 한은 왜 이리 긴가
장안의 붉은 술 열 말을 지겹도록 마시고
가을 바람에 삿갓 쓰고 금강산 들어서네'*

할 수만 있다면
다 버리고 훌훌 털어버리고
책도 버리고 직장도 버리고
그게 쉬운 일은 아니지만
금강산 마주보면
산은 무엇을 버렸기에
그리도 태연한가 묻고 싶네

금강산 앞에서

― 김삿갓 · 47

금강산 붉은 바위 암자 앞에서
하얀 학이 묻듯 묻는 스님에게
'평생 금강산을 위해 아껴 온 시인데
금강산에 이르니 감히 시가 막히네' *

산에 굴복한 시가 부끄러워 삿갓을 숙여 쓴다

겸손해야지
겸손해야지
시는 자연의 종이니 자연 앞에
겸손해야지

산중문답

― 김삿갓 · 48

눈썹이 허옇게 물든 노인
사립문을 열어주며 들어오라 한다

'젊은이, 금강산이 어떻던가'
― 산은 시요 새는 신선이데요

'나그네는?'
― 빛이죠

'빛이라니'
― 빠져나오니 날 것 같네요

'그럼 시는?'
― 빠져 나온 빛이죠

산중문답山中問答
누구에게 묻지 않아도
대답은 시다

어서 오시라

— 금강산 · 1

어서 오시라

금강산에 왔으니

마음껏 시도 쓰고

그림도 그리고

사진도 찍고

노래도 부르시라

1,100년 전 최치원 선생

500년 전 매월당 김시습

400년 전 양사언

서화담

황진이

정철

율곡

그리고 150년 전 난고 김병연

이 분들도 마음껏 시 쓰고 갔으니

어서 오시라

봄바람에 나부끼는 소리

어디서 많이 듣던 소리

'어서 오시라'

여자 뱃사공

— 금강산·2

남강다리 건널 때 김삿갓 생각났다

남강에 다리가 없어

여자 사공이 젓는 나룻배에 올라타자

김삿갓 "임자" 하고 사공의 얼굴을 쳐다본다

여자 사공 임자라는 말에 놀라

"임자라니 내가 당신의 각시란 말이오?" 하고 화를 낸다

김삿갓 웃으며

"내가 임자의 배에 올라탔으니 하는 소리요"

여자 사공 김삿갓을 건너편에 내려놓고

"아가 잘 다녀오너라" 한다

그러자 김삿갓 뒤돌아보며

"내가 어찌 네 아기냐?" 하고 소리친다

여자 사공 웃으며

"내 배에서 나갔으니 내 자식이지"

이런 생각하며 웃음짓는 남강다리

지금은 김삿갓을 말하는 이 없다

삼일포 줄다리 위에서

— 금강산 · 3

삼일포*에서

양사언楊士彦을 만나 이런 이야기를 나눈다

생生 "언제 떠나시렵니까"

사士 "삼일 후"

생生 "어제도 삼일 후라 하시더니

그럼 잠깐 주막에 들러 술 한 잔 하시죠"

둘이서 술잔이 오고 가고

흔들흔들 삼일이 지난 후

생生 "우린 어디 사람인지 헤어지기 어렵네요"

살아서 청청해야지

— 금강산 · 4

구룡연 가는 길

늘씬한 소나무

팔자 좋아 이름도 많네

금강송

미인송

금송錦松에

황장목

서울 남대문은 이곳

황장목으로 버틴다는데

살아서 청청해야지

죽어서 궁궐에 들면 뭘 하나

옥류동 계곡
— 금강산 · 5

암반에 펼쳐놓은 명주치마

연옥軟玉에 물들어

누굴 눕혀놔도

그건 방금 내려온 선녀의 몸

푸른 나뭇잎이 계곡을 덮어

더욱 맑아지는 옥류동

산정山情이 숙연하여

바깥 세상 잊게 하네

절벽에 소나무

— 금강산 · 6

상팔담 꼭대기

소나무 여덟 그루

바윗돌 움켜쥐고

뛰어내리네

그 소나무

샘물 보고 내려가지

선녀 보고 내려가는 것 아닌데

꼭 선녀 보고 내려가는 것처럼

남성스럽네

선녀와 나무꾼

— 금강산 · 7

나는 새 넘나들지 못하게
봉우리 마다 창 끝일세
안개구름 산허리 감고 돌아
첩첩이 쌓이는 계곡 물소리
여덟 선녀 나비처럼 내려와
발가벗은 상팔담上八潭*에
연둣빛 물줄기로 감기는 허리
손만 대도 임신할 것 같아
혼자 사는 나무꾼 환장하겠네
하나 업어오면 팔자 고치는 거
두 팔로 끌어안는 환상에
저도 데구루루 물에 빠지네

귀면암 꼭대기

— 금강산 · 8

소나무

떡갈나무

너도밤나무

다투어 깎아지른 절벽을 오르네

귀면암 머리끝까지 올라가

하늘을 만졌다고 소리치는데

오기에 찬 귀면

'두고 보자!'

귀신은 어디서나 심술꾸러기

하지만

바위 끝까지 올라간 나무들

해가 기울어도

내려오지 않네

쓸쓸한 지팡이
— 김삿갓 · 49

금강산

이마에 스치는 구름

손에 잡힐 듯

푸른 나뭇잎 붉게 타올라도

나그네는 서럽게 춥다

단풍잎 떨어진 길바닥에

벌써 서릿발이 희구나

눈[目] 없는 지팡이

겨울 길 찾아갈지 걱정이다

월백月白하고
— 김삿갓 · 50

나
돌아가네
월백月白하고

천 년을 그리던 산
'달빛 눈빛 천지가 희니
산 깊고 물 깊고
나그네 근심 깊어'*
나
돌아가네
월백月白하고

정 때문에
— 김삿갓 · 51

나를 반기려고 핀 꽃도 아니고
나를 보고 빚은 술도 아닌데
어찌 그리 내 것처럼 반가운가
꽃과 술 같은 인심이면
삿갓 하나로도 살겠네

'평생 꽃 없는 마을 들어가지 않았고
곧 죽어도 술 있는 마을 그대로 지나가기 어려웠네'*

내 인생 내 손으로 학대하며
여기저기 구걸한 것은
목숨 하나 붙이기 위해서가 아니라
매달리는 정
떼어놓기 어려워 기웃거렸네

연유삼장嚥乳三章

— 김삿갓 · 52

生 : 나에게 가장 궁금한 건

'연유삼장嚥乳三章'이죠

사내는 그 위를 빨고   父嚥其上

계집은 그 아래를 빨아   婦嚥其下

위 아래가 서로 다르지만   上下不同

그 맛은 똑 같더라   其味則同

립쑌 : 침 삼킬 연[嚥]에 힘 준 모양인데

그건 연놈을 싸잡아 말한 거고

나야 목에 힘이 있나 입에 힘이 있나

돈 있고 힘 좋은 놈들이나 하는 짓이지

生 : 그럼?

립쑌 : 그럼이라니

生 : 그럼 이것은?

'춥지도 덥지도 않은 이월에

한방 쓰는 아내와 첩이 불쌍하구나'

립쏜 : 다 읽어 봐

생生 : '원앙베개에 머리 셋 나란히 누웠고

비취이불 속에 여섯 어깨 이어져 있네

입을 열어 웃을 때는 품品 자가 완연한데

몸을 뒤척여 누우니 천川 자가 되네

이쪽 일을 마치기 전에 저쪽 일을 시작하다가

이쪽으로 다시 누워 이쪽을 토닥거리네'

이건요?

립쏜 :그래 내가 썼다고 내 것인가

집도 절도 없는 놈이 웬 원앙베갠가

있다면 꿈이고

없다면 욕이지

함경도 비탈길

— 김삿갓 · 53

청진, 명천明川, 길주*, 어전漁佃 하면

까마득한 함경도 산비탈

길주에 허씨가 많다는데

나그네 재우라는 허가許可:許哥 없다 하고

어전漁佃은 고기 잡는 고을이라 하던데

밥상에 고기 한 토막 오르지 않네

구걸하는 주제에 무슨 소리냐 하겠지만

입으로 얻어먹는 놈이 입을 다물 수야

인심이 그래가지고 어찌 명천明川 대천 하겠나

북청 바람
— 김삿갓 · 54

북청 바람에 떠밀리는 나그네에게
늦게라도 봄기운이 안기는 것은
준령을 넘어오는 바람 때문인가
말 탄 군수 추워할까 그러는가

'4월인데 함관령* 넘어오는
북청 군수 춥겠다
이제 막 핀 진달래꽃 보니
봄 역시 산 오르기 힘드나 보다'
새 봄엔 걸개라도 살아남고 싶은 거
쌀쌀한 봄바람도 몰아치는 삭풍보다야
지난 겨울엔 죽는 줄 알았다

함흥차사*

— 김삿갓 · 55

누가 저 달을 끌어가랴
나그네란 달 하나 믿고 가는 거
기별이 없으니 찾아올 리 없고
돌아갈 의향 아니니
데려갈 리 없다

북청을 지나 함흥에 들어서자
이제 함흥차사라
권세도 세자도 없는 몸
차사差使로 온 것도 아니니
오는 길 막지 말고
가는 길 잡지 마라

도둑놈들

— 김삿갓 · 56

정자에 앉아 다리를 긁는다
썩은 나뭇등걸 같다
엄지총 사이로 들어낸 발가락
옆에 앉은 노인의 한숨 소리에
발가락도 따라 한숨을 쉰다
이 고을 관찰사 죽일 놈이라는 한숨 소리다

'선정善政을 펴야 할 관청이 도둑 정치나 펴고
백성이 즐거워야 할 정자 밑에서 눈물 짓는 백성들
함경도 백성들 기겁하고 달아나니
조기영의 집안인들 어찌 오래 가랴'*

보릿고개

— 김삿갓 · 57

보릿고개에는 딸네도 가지 말라 했는데

올 같은 흉년에 부잣집 문간에서 얻어먹기 어렵고

허기를 달래는 길은 또 다른 허기 밖에

금년엔 잘 잡히는 넙치라도 먹는가 했더니

'잡는 족족 말려서 관청에 바쳐라 하네'[*]

남편의 남근

— 김삿갓 · 58

젊은 아낙네

피 흘리는 남근을 들고

관청 문 앞에서 운다

부끄러워서가 아니라

분통이 터져서 그러는 거라

'출정한 남편 돌아오지 않는 거야 있을 수 있다지만

예로부터 남절양男絶陽은 들어 보지 못했네

시아버지 장례 치르고 갓난아기 젖 먹이는데

삼대三代의 이름이 군적에 올랐다니

달려가서 호소해도 범 같은 문지기 가로막고,

이장里長이 호통치며 남은 소마저 끌어갔다네

남편은 아이 낳은 죄라고 한탄한 나머지

칼 갈아 방으로 들어간 뒤 선혈이 낭자했네'*

있는 집 자식들은 군에도 가지 않고

쌀 한 톨 베 한 치 바치는 일 없이

허구한 날 그늘에서 풍악이나 울리니

가난한 백성들만 피눈물 나네

군포와 횡포 사이

— 김삿갓 · 59

삼대三代에 걸친 군적이란

결코 명예로운 것이 아닐세

농사를 짓고 살려면 그만큼

세금을 더 내야 하니 젊은 아내 수심이 가득하네

돌아가신 시아버지 군포軍布*에

갓난아기와 남편의 군포까지 치르려면

일년 내내 베만 짜도 세월이 가는데

세금 안 낸다고 소까지 끌어갔으니

이런 군포가 횡포 아니고 무엇인가

군포란 장정이 집에서 농사를 짓기 위해

군정에 납부하는 세(베)를 말하고

백골징포白骨徵布란

죽은 사람에게서 징수하는 군포요

인징隣徵이란 도망병의 군포를

이웃 사람에게 물리는 군포고

황구첨정黃口簽丁이란

갓난아기를 군적에 올려놓고 징수하는 군포인데

군포는 일인당 베 한 필로 되어 있지만

징수과정에서의 횡포가 말이 아니어서

한 필이 두 필 세 필 네 필로 늘어나니

억울해 못살겠다고 우리 남편 남근을 잘랐다네

그래서 남절양男絕陽일세

지긋지긋한 세금에 시달리느니

좆을 잘라 바친다는 거지

정약용만 이 소리 들었을 리 없고

좀 늦게 태어난 김병연이도

그런 억울함이 안동 김씨 세도하에 있음을 좋아했을 리 없네

그래서 술 한잔에 시름 한잔

그런 그의 속도 모르고

팔자 좋게 방랑 삼천리냐

속 아픈 소리 말게

흉년

— 김삿갓 · 60

논바닥 갈라지는 소리

메밀 대 터지는 소리

흉년으로 굶어 쓰러지는 사람

괴질에 숨 넘어가는 사람

어떻게 손을 써야 죽음을 면할지

속수무책

이래 죽으나

저래 죽으나

죽기는 마찬가지라며

낫을 들고 산으로 올라가

죽을 힘 다하여

'소나무 껍질 벗겨 한입 가득 채웠더니

묘지기 입술 타도록 말려도 소용 없네

천 그루 소나무만 마름*처럼 벗겨져'**

성性 뇌물
— 김삿갓 · 61

1950년대

군에 가지 않으려고

온갖 뇌물을 다 바쳤는데

돈과 권력이 없으면 '빽' 하고 죽는다고

없는 설움 원망했는데

연유宴遊 끝에 내놓던 돈과 성性 뇌물

반세기가 지난 오늘날에도 유통된다면

성性 뇌물은 불멸의 것인가

'하느님, 나 좀 도와 주세요.

인간답게 사람 사는 것처럼 살고 싶어요'

철창이 쳐진 0.8평짜리 쪽방에 갇혔다가

불에 타 죽은 윤락녀의 눈물 어린 하루치 일기

명절 때마다 포주들이 돈봉투와 성 뇌물을

관할 담당자에게 줘가며 돈을 벌어야 하는

어른들의 더러운 상혼

시인의 풍자가 따라갈 수 없는 부패상

이쯤에서는 김삿갓의 연유삼장嚥乳三章도 무색하여

붓이 갈 길을 잃는구나

도박 1
— 김삿갓 · 62

누가 말했나
인생은 도박이라고
그렇다면
나그네도 도박인가

초저녁엔
노름꾼들의 술상 곁에서 술 한잔 얻어 마시고
투전목*에 들어 있는 시구詩句를 읽다가 잠이 들었네
투전에도 시가 있더군
자다가 깨어 보니 투전은 계속되고
큰 소리 오고 갈 때
뭉칫돈이 오가고
밤이 깊어갈수록
눈빛이 달아오르고
성깔이 칼날 같고
문서가 오가고
몇몇은 손을 털고 일어서서
장죽에 불을 붙이고
나머지 네 사람은 결사적이네

그렇게 진지한 인생은 처음 봤지

윗목에 밀어붙인 술상에는

파리떼가 결사적이고

파리와 인생

어느 쪽이 더 결사적인지

분간하기 어렵네

도박 2

— 김삿갓 · 63

우의정까지 지낸 원인손元仁孫*이 생각나는군
투전에 미쳐 아버지가 가뒀다 하던데
투전목 80장 앞뒤를 한눈에 읽어내는 눈썰미
실제로 그의 문과급제는 그런 식이었네

노름에 발목 잡히면 인생은 끝장인데
위로는 사대부의 자식들부터
아래로는 서민에 이르기까지
아니 지방관들이 동헌에 모여 앉아
저리邸吏며 책객册客들과 투전을 하고
골패에 골몰해 부정 비리에 연루되어
패가망신
더러는 손목을 작두에 밀어 넣기도 했지만
손은 끊어져도 도박은 끊어지지 않았네

도박 3
— 김삿갓 · 64

뒷간에서 돌아와

다시 잠이 들었는데

아침에 일어나 보니

그들은 온데간데 없고

빈방만 썰렁했네

햇살은 눈부신데

어디로 가야 할지

동쪽에도 서쪽에도 길은 없고

주막집 주인 계산이 바빴네

방세에 기름값 술값에

빌려준 돈 챙기느라 밤을 새웠지

노름꾼들은 자리를 옮겼고

나도 자리를 옮겨야 하는데

갈 데가 없네

정경유착 *

— 김삿갓 · 65

내 국어사전에는 아직

정경政經과

유착癒着이 분리되어 있다

당연한 일이다

그런데 언제부턴가 붙어 버렸다

정경유착政經癒着!

그렇게 되면 정경보다 유착이 문제다

유착이란

'서로 떨어져 있어야 할 피부나 막膜 등이

염증으로 말미암아 들러붙는 일'을 말한다

선량選良하게 들러붙는 것이 아니라

염증炎症으로 들러붙는 일

이게 문제다

오늘은 선량들이 때리고 치는 것이 텔레비전에 잡혔다

마가는 것 같았다

서로 떨어져 있어야 할 피부와 막이

곪아터져서 찰싹 달라붙었다는 말이다

그런 상태에서 치유된 것처럼 밀착 됐다는 말이다

그리하여 밀월을 핥으며 공생한다는 것이다

무대에 오른 지 오래된 말인데

아직 사전에 오르지 않고 방황하는

정경유착도 있다

그런 사전은 갈아치워라

내가 가지고 있는 세 개의 사전엔 아직 정경이 유착 되지 않았

지만

나는 정경이 유착된 사전을 좋아한다

교보문고에 가서 겨우 찾아낸 사전이 있다

2004년 1월 18일 개정 2판에

정경유착

사전을 사려거든

정경이 유착된 사전을 사라

정경이 유착되지 않은 것은 구태의연이다

수험생들은 필히 그것을 유의해야 한다

나는 정경이 유착되지 않은 사전을

2004년 2월 21일을 기해 폐기 처분했다

나그네란

— 김삿갓 · 66

나그네란 흐르는 물과 같아서

누가 뭐라고 해도 제 갈 길을 가는 거

제 갈 길이 있는 것은 아니지만

그래도 갈 길이 있는 것처럼 서두는 것은

참 신통해

과거든

현재든

한군데 머물러 있으면

나태와 병폐에 쓰러지게 되니

그러기 전에 스스로를 일으켜 세워

가자고 해야지

그렇다고 뚜렷한 미래가 있는 것도 아닌데

그러니 한심한 일이지만

여기에 발을 디밀고 보니

빠져 나갈 생각이 없네

나그네는 신선한 것이어서

말장난에 집착하는 것은

거기에 매이는 꼴이 되지

세월이 가면 유착도 분리될 것이고

분리된 것이 다시 유착 될 것이니

그것을 따지지 않으려고 떠도는 내가

왜 거기에 현혹 되는가

가다가 술 한 잔

그게 내 경제요

가다가 흘리는 눈물

그게 내 종교이니

얻어먹는다고 천하게 여기지 말게

술이 웃는다
— 김삿갓 · 67

수동*이 웃을 때
술도 웃는다
외상 술
술잔에서 그믐달도 웃는다
술은 웃기 위해 있는가
울기 위해 있는가
만일 웃고 우는 일이 없다면
술도 필요 없겠다

"섣달 그믐인데 언제 받자고 또 외상인가"
정수동 대꾸 없이 멍석을 보고 웃는데
주모는 웃음을 술값으로 받지 않는다

돼지가 멍석에 들어가 술밥을 먹는다
돼지는 죽는 날까지 외상이다
'실컷 먹고 죽자'
어디로 보나 단단한 실속이다
"이 양반아 돼지가 술밥을 먹는데 그대로 두고 있어"
수동이 웃으며

"맞돈 주고 먹는 줄 알았지"

주모 금세 술을 가지고 와서 수동이 입을 막는다

수동은 말로 외상값을 갚으니까

"그러면 그렇지 그 놈이라고 맞돈 줄까"

수동이 구름을 끌어가듯 술잔을 끌어간다

천하가 다 내 것이군

나그네 설움

— 김삿갓 · 68

말 중에 춥고 배고프다는 말
이보다 서러운 말이 있을까
그것을 꾹꾹 참고
또 다른 집 문전에 서네

'주인은 처마 밑에서 갓을 숙여 쓰며 엿보고
나그네는 문전에서 지는 해를 탄식하네'[*]

이번에 쫓겨나면 열 번째
그래도 얻어서 자는 잠
고마워 눈물 흘리네

새가 서러워

— 김삿갓 · 69

나그네는 석양이 서러워
쫓겨난 집
그 옆집 대문 앞에 서서
'석양에 머뭇머뭇 대문을 두드리는데
이 집 주인이 세 번씩이나 손을 저어 몰아내네
저 두견새도 야박한 인심 알고 있는지
숲 속에서 지저귀며 돌아가라 하네'*

시를 몰랐으면 새 소리도 몰랐을 걸
시를 알고 나니 새 소리 더욱 서러워
새집 밑에 앉아 함께 울다 가네

나그네 타령

— 김삿갓 · 70

힘을 내야지

이런 유치한 소리를 나그네가 들어먹을까

간밤에 함께 자고 일어난 새

동서로 헤어진다 지저귀네

인생도 어차피 헤어지는 거

울 것도 아니고 탓할 것도 아니니

힘을 내야지

운명인 걸

운명엔 약이 없네

죽는 날까지 가보는 거야

나그네 정신

정신이랄 것도 없지만

손님과 마마
— 김삿갓 · 71

나그네는 손님이다

손님이 손님으로 받아들여지지 않을 때

나그네는 괴로웠다

손님은 마마媽媽였다

사람들은 천연두를 함부로 건드리지 못했다

역신疫神이 화내면 동티가 나고

동티나면 연달아 초상이 나니까

떠돌다 죽으면 객귀客鬼가 되고

객사客死한 넋은 다시 허공을 떠돌았다

넋없는 시신은 집 안으로 들어가지 못했다

객客과 액厄은 한 덩어리

차가 없었던 시절에도

길 조심하라고 했다

낯선 나그네를 의심으로 대하던 시절

평생 의심을 받으며 걸어가던 역겨움

떠도는 사람들에게는 역병이 마마처럼 무서웠다

마을 전체 아이들이 마마에 희생되어 야산에 묻히던

그 해 진달래는 유별나게 기승을 부렸다

그처럼 아픈 길을 걸어가는 나그네

저도 모르게 역신에게 끌려가도 하는 수 없었다

안빈낙도安貧樂道

— 김삿갓 · 72

'안빈낙도安貧樂道'라

(가난한 처지에서도

편안한 마음으로 도를 즐긴다)

좋은 말이다

아니 사기치는 말이다

배부른 선비가 하는 소리다

밑이 찢어지게 가난해 보라

안安자도 보이지 않을 테니

정약용 이렇게 한탄하네

'안빈낙도安貧樂道 하겠다고 마음먹었지만

정작 가난하고 보니 마음 편하질 않네

아내 한숨 소리에 글 읽기 힘들고

새끼들 굶주리니 엄하게 가르칠 수 없네'*

이虱

— 김삿갓 · 73

슬슬 기어오르는 간지럼

양지쪽 팽나무 밑이 좋겠다

바지를 벗자 놀란 이虱 땅에 떨어지고

눌어붙은 서캐 손톱 사이에서 으스러지니

통쾌하다

홀랑 벗고 태워버리면 시원하겠는데

부싯깃이 없다

게을러서 쑥잎 몇 장 챙기지 못했다

남은 이虱는 그대로 따뜻하게 키우는 수밖에

동고동락

나에게 기대겠다는 의존

이虱도 나처럼 귀천을 가리지 않는구나

'모양은 밀 같으나 누룩이 되지 못하고

글자는 바람풍風 자가 되지 못해 매화를 떨어뜨리지 못하네

너에게 묻느니, 신선의 몸에도 들어가 봤더냐'*

고양이

― 김삿갓 · 74

손 흔들어 오라는 사람 없고
간다고 애닳다 할 사람 없으니
신발 소리 내지 말고 지나가라

'가다가 호랑이 만나면 잠시 자취를 감추고
뛰어가다가 삽살개 만나면 마구 뺨을 치며 대드네
쥐를 잡으면 주인집에서 칭찬 듣지만
이웃집 닭을 잡으면 어찌 밉지 않겠나'*

무밭을 지날 때 무 뽑지 말고
참외밭에 들어가 참외 따지 말게
아무리 바르게 걸어도
마을 사람들 이상한 눈으로 보는 것은
낯선 사람을 보면 의심부터 하기 때문일세

배고플 때
— 김삿갓 · 75

'배고파' 죽어가는 소리

기아엔 살기殺氣가 있다

종이 주인에게 눈으로 말하자

주인은 나그네 모르게 턱으로 받는다

'밥상 차릴까요   人良且八=食具

저 친구 나가거든   月月山山=朋出

돼지 같은 놈   犬者禾重=猪種

웃기는군   丁口竹天=可笑'*

배부를 때 들으면

웃기는 소리지만

배고플 때 들으니 괘씸하다

월월산산月月山山은

붕출朋出이라

네가 밀어내기 전에

내가 나가마

달아달아[月月]

너는 언제 집을 나왔니[山山=出]

글 읽는 소리
— 김삿갓 · 76

머슴방에서 짚신 삼다

짚토막 베고 자도

식자보다야 마음이 편하지만

배고프니 영 그게 아닐세

금방 목숨 버릴까 하다가도

이상하게 살아 있으려 함은

나도 모르는 고질

염병에 시달려 쓰러져 누웠을 때

목 맬 생각 없었던 건 아니지만

다시 일어나니 물부터 찾네

개구리 우는 소리에 아이들 글 읽는 소리

어린 시절 매미 우는 소리 같아 언덕길 내려갔네

'서당은 내조지   乃早知

방안은 개존물   皆尊物

생도는 제미십   諸未十

선생은 내불알   來不謁'*

아이들 붓을 빼앗아 이렇게 쓰고 나니

빈 속에서 헛방귀 끌어내리네

114

청운의 뜻
— 김삿갓 · 77

'오랫동안 소원이던 벼슬길 하늘처럼 아득하고
오직 출세한 이름들이 소년을 감동케 하는데
오늘밤 누가 출세 못한 나를 기억해 줄까
찬 매화 낡은 집에 쓸쓸히 앉아 있네'*

왜 이러는 걸까 자책하면서도
과거급제에 흥분하는 것을 보면
자신이 옹졸해서
때로는 신세가 가련해서
남의 집 서재에 쌓인 서책을 보면
미칠 것 같네
이것도 욕심이라
술 마시고 지워버린다 하지만
술 깨고 나니 또 그 생각일세

술 한 잔
— 김삿갓 · 78

외롭단 말 할 염치조차 없으면서
재갈을 씹듯 입 속에 든 돌을 씹어대네

목구멍이 사슬인가
詩가 힘줄인가

'등불은 적막하고 고향집은 아득한데
달빛이 쓸쓸하여 나 홀로 처마를 바라보네
종이마저 귀한지라 분판에 시를 쓰고
소금을 안주 삼아 탁주 한 잔 마셨네'*

서당 개

― 김삿갓 · 79

글 읽는 소리에 술 익는 마을

알고 보니 안동은

퇴계*의 고향이자

유성룡**의 글방일세

낮에는 매미소리

저녁엔 글 읽는 소리

퇴계는 유성룡의 스승

안동 수흥 영천 예천은 사대부가 많아

집집마다 퇴계의 제자들이네

그로부터 300년 후

버리고 버려도 얽히는 글 넝쿨

술과 글에 끌려 뿌리칠 수 없는

김병연

지팡이 세워놓고

마을 사람의 권유로 가난한 서당 하나 차렸네

서당 이야기
— 김삿갓 · 80

가난한 서당이라 이름은 없지만
소문난 난고*의 문장에
아녀자들까지 쑥덕쑥덕 서당 앞을 지나가고
마을 학동들 소리 내어 글 읽으니
찾아오는 주선酒仙들 글과 술에 곤죽이 되어
김삿갓 집 떠나
처음으로 배고픈 줄 모르네

천지현황天地玄黃하고

― 김삿갓 · 81

산마을에 봄이 온다는 것은

희망에 불 지핀다는 이야기인데

어린 것들이 책을 옆에 끼고

서당 찾아온다는 것은 집집마다의 희망인데

배운다는 것은 미래를 손으로 잡겠다는 의욕인데

천지현황天地玄黃하고

우주홍황宇宙洪荒이라

책 읽는 소리에

매미도 따라

여름을 읽네

밤마다 찾아오는 여인*

— 김삿갓 · 82

학동들 돌아간 가을밤

그믐달 타고 찾아오는 기생

처음엔 서먹서먹했는데

갈수록 몸이 닳았네

더욱이

떠도는 나그네에게

운문韻文으로 접근하니

이건 일미라

서로 손잡고 달빛으로 어루만지다가

동쪽 성곽을 거닐었네

사람 눈 피하느라

숨바꼭질 했지만

날이 갈수록 그까짓 눈총이야 하다가

매화꽃처럼 떨어지고 말았네

과객*

— 김삿갓 · 83

그녀와 헤어진 지

한해 만에 다시 그녀를 만났지

어찌나 깊이 파고 드는지

귀엣말로

'털이 깊고 안이 넓으니

누가 지나간 것 아니냐'

그녀 수줍은 얼굴 베개로 가리며

'깊은 것은 장대가 짧은 탓이지요'

김삿갓

꿈 속에서 껄껄 웃다가

싱겁게 눈을 뜬다

나그네란 눈만 뜨면 외로운 거

죽장이

쓸데없는 생각 말고

어서 떠나자 한다

훈장*

― 김삿갓 · 84

세상에

누가 훈장질 하라 했나

연기 없는 심화에 가슴 태우네

성의껏 가르쳐도 칭찬 받기 어렵고

잠시라도 자리를 비우면 비웠다고 야단이니

아아

어쩌다 이런 올가미에 발이 묶여

한숨만 쉬는가

내 인생도 감당하기 어려운데

남의 인생 어떻게 감당하려 하는지

이 답답함 나도 모르겠네

스스로 버린 자

— 김삿갓 · 85

나그네란 스스로를 버리고 자탄하는 자

그것을 집으로 끌어들인다는 것은

혈육도 불가능한 일

끌어들여도 또 달아날 궁리에 잠 못 이루는 자

그러나 아들 익균이 집 나간 아비를 애타게 찾아 다니네

길을 걸으며 떠올리는 것은 어머니 얼굴

자식은 있어도 남편 없는 아낙을

사람의 아내라 할 수 없어

구월산 기슭을 헤매다가

정선 평창을 떠돌았네

그러다가 뜬 소문이 안동에서

훈장 노릇 한다기에 달려왔는데

"아버지, 익균이 왔습니다"

"......................."

김삿갓

처음 보는 아들의 손을 잡고 한참 동안 말이 없네

아버지는 남이었다

— 김삿갓 · 86

토담집 서당 문전에 죽장이 서 있고

아이들 대여섯이 어깨를 흔들며 글을 읽는다

훈장은 장죽에 담배를 비벼 넣고

건넛방 젊은 여자는 낡은 도포를 꿰매느라 정신이 없다

직감적으로 '살림?' 하고는 눈을 크게 떴지만

그리 불쾌한 상황은 아니다

사흘이 지난 후 무거운 입을 열어

"이젠 가셔야죠" 하고는

건넛방 여자의 눈치를 살핀다

아버지는 남이었다

떠나야지
— 김삿갓 · 87

정 들기 전에 떠나야

그러지 않아도 서당을 떠나려 했는데

아들이 들어오자 가슴이 덜컥

줄에 앉은 새 떠나야지

멀리 있는 아내와 저기 앉은 저 여자

가슴에 못박고 떠난다고

죽일 놈 살릴 놈 하겠지만

질긴 목구멍아

너와 나는 어디서 헤어지는 것이냐

떠나야지

나만 있는 데로 떠나야지

떠나는 사람들

― 김삿갓 · 88

젊은 여인이 밖으로 나간 사이
익균이 입을 열어
"아버지, 이젠 집으로 가셔야죠"
익균이 입엔 이 말뿐인데
"……………………………"
그나마 아비는 입을 열지 않는다
그의 입엔 할 말이 들어 있지 않으니까

김삿갓
지팡이와 삿갓을 놔둔 채
그날 밤 나가서 돌아오지 않는다
다음날도 돌아오지 않고
그 다음날도 돌아오지 않는다
젊은 여인은 앓아 눕고
익균이 다음날 새벽
아비처럼 집을 나갔다

나그네 걱정
— 김삿갓 · 89

장단長湍을 지나다

혼자 주막에서 술을 마시네

이런 날 누가 옆에 있어만 줘도

강바닥이 저렇게 들어나지 않을 것을

내려다 보이는 임진강 나룻배

저녁 놀 싣고 서둘러 가네

'세상 만사 이미 정해진 거

서둔다고 되는 일 아닌데'*

나그네 제 걱정 접어놓고

남의 걱정하느라

술 맛을 잃네

엽전 두 잎
— 김삿갓 · 90

김진사

엽전 두 잎 던져주며

다른 집 가보라 하네

그때 그 엽전이 입을 열어 탄식하길

'죽어 없어지면 이런 꼴 보지 않으련만

육신이 살아 있어 평생 한이 되네'*

하지만 얻어먹는 주제에 함부로 입을 열 수 없어

참고 돌아서니 눈시울이 뜨겁네

아내의 눈물

— 김삿갓 · 91

깊은 밤 계곡물 소리

소쩍새가 초저녁부터 달을 쪼아

반이나 파 들어갔다

달에 비친 그림자

대추나무에 걸려 찢어진다

아내가 어린 것을 업고

마대산* 언덕 주막까지 따라 나서던 날

아내 얼굴이 말이 아니었다

사내녀석이 달빛을 타서야

하고 달빛을 뿌리치며 자리를 일어선다

마대산 주막길

— 김삿갓 · 92

형

병하가

닷냥주막에서 영월로 가는 객의 짐을

닷 냥 받고 짊어지고 넘어가던 길

형은 길처럼 가고

학균이 양자로 들어가

썰렁한 아내

익균이 안고 달빛을 밟으며 따라오던 길

익균이 저 놈이 커서 아비 찾아 나설 줄이야

달은 미래의 불행을 아는 체 하지 않는데

내가 약해진 탓이지

30년을 무엇으로

아니 무엇 때문에 살아왔나

이것도 따지고 보면 부끄러운 일

이제 어디로 간단 말인가

하지만 익균이 또다시 찾아 온다 해도

그 놈 따라갈 일이 아니야

남은 세월 이대로 가는 거지

얻어먹은 주제에*

― 김삿갓 · 93

평생 얻어먹은 주제에

꽃 없는 마을 들어가지 않았고

곧 죽어도

술 있는 마을 그대로 지나가기 어려웠네

넉살좋은 말이지만

하고 싶은 대로 하다 보니

목타는 마음

짚신짝처럼 닳고 닳았네

저 외로움 흙으로 덮어주오*

— 김삿갓 94

그래

저 모습이 바로 내 모습인 걸

나도 쓰러지면 저렇게 썩어가리

이름 모르는 사람인데 고향인들 어찌 알 수 있겠나

낮에는 파리떼 저녁엔 까마귀가 파헤치고

두어 되 좁쌀이 빌어먹다 남은 식량인데

사람들아 발길 돌려 피해가지 말고

흙 한 삽 떠다가 저 주검 덮어주오

저것이 모두의 죽음인 줄 안다면

당신이 보지 못하는 당신의 죽음인들 오죽하겠소

죽음은 외로운 거

저 외로움 흙으로 덮어주오

시인아 바람아
— 김삿갓 · 95

간다

간다

나는 간다

바람처럼 나는 간다

너의 눈엔

가볍게 보이지만

천 근 만 근 무거운 시름

부평초처럼 떠돌며 얻어 먹기 30년

본래 이 모습이 내 모습이 아닌데

세월에 업혀 그렇게 가고 말았다

간다

간다

나는 간다

나는 왜

— 김삿갓 · 96

나
아무도 책임지지 않는
나
나도 속수무책이다만
하루 한 끼라도 얻어먹고
아무데나 쓰러져 눈을 붙여야
그러지 않고는 죽음이 갉아먹는
육신에
밤마다 쌓이는 한숨 소리
나는 왜
찾아온 아들을 뿌리치고
혼자 군소리하는가

아들아

— 김삿갓 · 97

아들아

집 잃은 영혼처럼 떠돌지 마라

빈 집은 낮에도 들어가기 어두우니

귀신이 점유하기 전에

돌아가 집에 있거라

빈 집은 귀신의 심술로 기울기 쉽다

기둥이 기울기 전에

어서 돌아가 집에 있거라

아들아

소쩍 소쩍
— 김삿갓 · 98

마대산 어둔이골이 운다

소쩍 소쩍

풍년 들면 오겠지

그건 망상이고

소쩍 소쩍

산골 사는 아내가 운다

야행성 비명 소리

지금 어디 가고 있을까

소쩍 소쩍

한 맺힌 아내가

운다

은자여

— 김삿갓 · 99

오르면 오를수록

높고

깊고

무거운 산

산속 깊이 숨은 은자隱者여

세월을 파서 굴을 만든 자여

침묵에 눌려

기진한 자여

쓰나 다나

세상을 구경하는 눈

그것밖에는 할 일이 없는

눈동자

발에 채이며 따라가는

지팡이

죽은

나무여

죽은

나여

죽은 사람만 불쌍해

— 김삿갓 · 100

집 떠난 지 10년 되던 해 가을

비단섬* 앞 용암포에서 노숙하고 있을 때

옆자리에 누웠던 노인이 하던 소리가 지금도 가슴을 찌른다

'저 섬이 꿈도 컸는데 지금은 갈대밭으로 변했군

불쌍한 건 김익순이지' 하고 말할 때

병연은 가슴이 덜컹 내려앉으며

저녁놀에 쌓인 갈대밭이 갑자기 깜깜한 굴속으로 들어가는 것

같았다

그 노인의 말속엔 빈정거리는 익살도 섞여 있었지만

'그가 홍경래에게 무릎을 꿇었다는 것은 무슨 꿍꿍이가 있었

겠지만

다시 살아보겠다고 적장의 목을 천냥에 사다 바칠 위인은 아

니지

모두 저 살기 위해 갖다 씌운 누명

세상이 어수선할 땐 무슨 말이고 꼬투리가 되니까

죽은 사람만 억울해

그는 꼿꼿하기로 천하가 아는 사실인데

그렇게 물렁한 인물로 만든 것은

모두 자기 살기 위한 모략이지

어쨌던 불쌍해
죽은 사람만 불쌍해'

떠돌다 얻어 들은 풍문
남의 죄까지 덮어 씌우기 위한
억울한 누명에 갔다는 소리
결코 그가 역적이 되어
역장의 목을 사다 바치고 살아남으려던 위인이 아니라던 소리
이와 비슷한 소리를 곽산에서도 들은 적이 있다
그땐 하루종일 먹지 않고 울었다
다음날도 다음날도 울기만 했다
이젠 나이 쉰
그의 주먹은 썩은 감을 쥔 것처럼 시들하다

피아골
— 김삿갓 · 101

직전단풍稷田丹楓

가을마다 물드는

피아골* 빨간 피야

피밭에 선 허수아비야

서당 글 읽으며 붉게 타는 지리산 속

상투 트는 훈장님

쟁기질 그만 하고 세상 구경 나가보게

나도 훈장질 해봤지만

가르쳐봐야 개도 먹지 않는다는 똥

똥에 힘주지 말고 배낭 메고 나가보게

떠돌다 보니 글에 없는 글 더 많고

세상은 단풍잎보다 화려해서

사는 게 단순하지 않데

보림사를 지나며
— 김삿갓 · 102

보림사* 절간에 들어서자
임종처럼 조용하다
거의 본능적으로
비우겠다는 합장에
비로소 내가 보인다

김삿갓 시비에 지팡이 세워놓고
땀을 씻으며 읽어가면
'남녘을 떠도는 내 신세 허망한 물거품
술잔을 비 삼아 쌓인 시름 씻어버리고
달을 낚시 삼아 시를 건져 올리네'*

절간을 지나가는 물
술 대신 마시고
140년 전 그가 따라가던 계곡 아직 게 있기에
나도 서둘러 따라가다가
물에 따돌림 당하고 나만 산중에 서 있네

평생시平生詩
— 김삿갓 · 103

누가 하라는 짓도 아닌데
그렇게 하고 말았네
그걸 후회하는 것 아니지만
늙으면 세월에 약한 것이어서
지난 날을 돌이켜 보지 않을 수 없네
물염정* 그늘에 앉아 강물에 뜬
삿갓 쓴 얼굴을

'떠돌며 구걸한 집 천 만이 넘어도
평생 음풍농월로 얻은 건 빈 자루 하나
초겨울 머리털에 서릿발 서고'**
갈 길 없지만
쉬어가라는 사람도 없어
나무 밑에 서 있는 궁색이
차가운 낮 달을 보네

한식날 아내 생각

― 김삿갓 · 104

'긴 모래 언덕에 사초꽃 피었는데

소복한 여인 무덤에 엎드려 슬피 우네

떨리는 손으로 따른 술

남편이 살아서 심은 벼로 빚었겠지'*

나야 아내를 위해 한 일이 없으니

아내의 술 바라지 않지만

엎드려 우는 여인의 곡성에

내 아내 생각하네

마지막 날

— 김삿갓 · 105

결국 그 자리에 누운 것은
소박한 인동초 때문
인동초는 입이 가볍지 않으니
개구리가 나불거리는 것보다야
느티나무 아래 김삿갓 초분지初墳地가 말하듯
나 이제 갈 데로 갔으니……

그가 마지막 누웠던 사랑채 마루 밑에서
낡은 짚신 곰팡이 슬고
그 집 노인이 짚고 다니던 지팡이엔
고추잠자리가 잠깐 앉아 있네
이보다 양지에 쪼그리고 앉아 숨을 거둔 자리에
엎드려 머리 숙인 나도
그 수밖에는……
허탈감에
수줍은 인동초를 보다가
떠났으니
그 후로는 아무도 모를 일일세

해설 | 참고문헌

초혼-16쪽

* 김소월의 〈초혼〉 중에서

정주성의 비애-17쪽

* 백석白石 백기행(1912~1996)의 시 〈정주성〉에서

홍경래의 독백-19쪽

* 김익순 : 김병연의 조부

철천지 원수-23쪽

* 김창시金昌始(?~1812) : 홍경래 일파의 중심 인물. 진사로 신분이 높았으나 관직을 얻으려다 자산을 탕진한 사람
** 조문형趙文亨 : 철산의 농민으로 김창시의 목을 베어 김익순에게 팔아 넘겼다는 사람

바람아 구름아-24쪽

* 김삿갓의 시 〈난고평생시蘭皐平生詩〉 중에서

풍비박산-27쪽

* 내각산 : 황해도 곡산에 있는 산(1,278m)

또 그 소리-28쪽

* 김성수金聖洙 : 김병연(김삿갓)의 할아버지 김익순의 종복

** 김안근 : 병하, 병연의 아버지

삿갓과 시-29쪽

* 홍경래의 난 때 충성을 다 하다 죽은 가산 군수 정시鄭蓍의 충절을 찬양하고, 선천부사 김익순金益淳의 비겁한 항복의 죄를 하늘에 이름을 걸어 개탄하라는 시제

임금 앞에서나 꿇을 무릎을 반군의 적장 홍경래 앞에서 꿇었다니, 죽어서 황천에도 가지 못하리라. 그곳엔 우리 선대왕의 영혼이 계신 까닭이다. 임금을 저버린 동시에 조상까지 저버린 너는 죽고 죽어 마땅하다.

※ 김병연은 스무 살 때 백일장에서 이런 내용의 글을 썼다. 이것이 평생 죄가 되고 한이 될 줄이야.

뻔한 길-31쪽

* 김삿갓의 시〈난고평생시蘭皐平生詩〉중에서

너도 칼을 갈아라-33쪽

* 병호, 병두 : 김병연의 동생

와석리 가는 길-42쪽

* 와석리臥石里 : 영월 산골마을. 김병연이 어려서 살았던 곳
** 필자가 길 떠나며 흥얼거리는 노래들

물의 고향-44쪽

* 마대산馬垈山 : 김병연이 살았던 마을(강원도 영월군 하동면 화석리 뒷산, 1,052m)

구름에 달 가듯이-45쪽

* 박목월의 시 〈나그네〉 중에서

어둔이골-46쪽

* 남사고南師古 : 조선왕조 때의 예언자
** 1992년에 입산하여 12년째 살고 있는 현근호 씨(48세). 마대산 중턱에 현씨 집 한 채 뿐임

영월 삿갓촌-47쪽

* 김병연의 시 〈개성인축객시開城人逐客詩〉 중에서

시 읽는 소리-48쪽

* 어둔이골 밤나무 : 김삿갓 주거유적지(어둔이골)에서 남쪽으로 150m쯤 떨어진 곳에 있는 수령 250년 정도의 밤나무. 이 주변엔 대추나무가 많다. 수령 200년이 넘는 것도 있다. 봄엔 밤새 소쩍새가 울고, 여름엔 매미소리가 요란하다. 사시사철 흐르는 계곡 물 소리는 맑은 하늘을 저어가는 흰구름 소리와도 같다.

엽전 일곱 닢-51쪽

* 김삿갓의 시 〈간음야점艱飮野店〉

달도 갈 곳이 없네-52쪽
* 김삿갓의 〈죽시竹詩〉 중에서,

탄식-53쪽
* 김삿갓의 시 〈자탄自嘆〉 중에서

비에 젖은 나그네-54쪽
* 김삿갓의 시 〈낙화음落花吟〉 중에서

죽 한 그릇-55쪽
* 김삿갓의 시 〈죽일기粥一器〉

여섯 살-56쪽
* 우구宇求 : 김삿갓이 살았던 마을 어둔이골에서 어머니와 둘이 사는 어린이. 우구는 유치원에 가기 위해서 어둔이골(산길 왕복 4km)을 걸어 아랫마을에 있는 버스 종점까지 내려간다. 유치원에서 돌아오면 그 마을에서 엄마가 데리러 올 때까지 혼자 논다. 어둔이골엔 우구네 집 한 채 뿐이고 위아래 마을을 합쳐 어린이라고는 우구 혼자다. 이 가족을 보면 김삿갓 아내와 아들 익균이 생각난다.
** 익균 : 세 차례나 아버지를 찾아 다녔던 김병연의 둘째 아들

*** 어둔이골 : 김삿갓이 살았던 마대산(1,052m) 중턱에 있는 마을

아빠의 꿈-57쪽

* 우구 아빠 : 현씨, 책 천 권을 짊어지고 어둔이골로 들어와 12년째 사는 이상주의자

기다리는 사람-60쪽

* 익균 : 김삿갓의 둘째 아들

눈 밟는 소리-61쪽

* 영월 어둔이골 김삿갓이 살았던 집터에 디딜방아가 놓여 있다.

김종직의 금강산-62쪽

* 조의제문弔義祭文 : 김종직金宗直(1431~1492)이 세조의 찬탈을 풍자한 글
** 김종직의 시 〈도방촉루수문명道傍髑髏問名〉〈낙동요洛東謠〉 중에서

금강산-65쪽

* 난고蘭皐 김병연金炳淵 : 김삿갓

녹수야 너는 왜-66쪽

* 김삿갓의 시 〈향청산거向靑山去〉

구룡폭포— 67쪽

* 금강산에서 만난 늙은 중이 김삿갓 보고, 서로 시를 주고 받되 막히는 쪽이 이를 뽑기로 한 것인데 그 노승의 이가 남지 않았다는 이야기를 떠올리며

산은 무엇을 버렸기에—68쪽

* 김삿갓의 시 〈입금강入金剛〉

금강산 앞에서—69쪽

* 김삿갓의 시 〈답승금강산시答僧金剛山詩〉 중에서

삼일포 줄다리 위에서—74쪽

* 삼일포 : 양사언楊士彦(1517~1584)이 술과 시에 취해 오래 머물었던 곳. 호는 봉래蓬萊. 삼일포에는 봉래대가 있고 봉래대 밑엔 양사언이 글을 읽었다는 봉래굴이 있다.

선녀와 나무꾼—78쪽

* 상팔담上八潭 : 여덟 선녀가 내려와 목욕했다는 신비의 팔담으로 설화 〈나무꾼과 선녀〉의 무대

월백月白하고—81쪽

* 김삿갓의 시 〈월백설백천지백 산심수심객수신月白雪白天地白山深水深客愁深〉

정 때문에-82쪽

* 김삿갓의 시 〈평생불입무화동 십사난과유주촌平生不入無花洞
十死難過有酒村〉

함경도 비탈길-85쪽

* 김삿갓의 시 〈길주 명천吉州 明川〉을 떠올리며

북청 바람-86쪽

* 함관령 : 함경남도 함흥과 홍원 사이에 있는 재(450m)

함흥차사-87쪽

* 함흥차사咸興差使 : 조선조 태조와 그 아들 태종과의 사이가 나
빠져서 태조가 고향인 함흥으로 가서 나오지 않았으므로, 아버지의
노염을 풀기 위해 태종이 여러 차례 사신을 보냈는데, 사신을 보낼
때마다 죽여 버리고 돌려 보내지 않았다는 이야기에서 나온 말

도둑놈들-88쪽

* 김삿갓의 시 〈낙민루落民淚〉

보릿고개-89쪽

* 정약용의 시〈장기농가長鬐農歌 10장〉에서

남편의 남근-90쪽

* 다산 정약용(1762~1836)의 시 〈애절양哀絶陽〉에서,

군포와 횡포 사이-91쪽

* 군포 : 군보포軍保布의 준말. 정병正兵을 돕기 위해서 두는 조정助丁을 일컫는 말. 조선시대의 군제軍制를 보면 한 사람의 현역병에 조정인 봉족奉足 두 사람씩을 두고 현역병의 농사를 대신해 주도록 하였는데, 후기에는 양병養兵의 비용에 쓰기 위하여 조정에서 역을 면제해 주고 그 대가로 군포軍布를 바치게 했다,

흉년-93쪽

* 마릉馬陵 : 방연이 손빈의 계교에 속아 마릉에 이르자, 그 곳에 큰 나무가 있어 그 나무를 깎아보니 흰 바탕에 '방연이 이 나무 밑에서 죽으리라' 고 씌어 있었다고 한다.

** 정약용의 시 〈흉년수촌사凶年水村詞〉 중에서

도박 1-95쪽

* 투전목 : 한 벌로 되어 있는 투전. 그 위에 여러 가지 그림 문자 시구 등을 넣어 끗 수를 표시한 노름 제구의 한 가지

도박 2-97쪽

* 원인손元仁孫(1721~1774) : 영조 때의 대신. 15세에 문과에 급제. 세자 시강원 설서와 홍문관 부응교를 거쳐 우의정이 됨

정경유착-99쪽

* 정경유착 : 경제인은 정치인에게 정치자금을 제공하고, 정치인
은 경제인에게 사업상의 특혜를 주는 방식으로 공생하는 관계

술이 웃는다-103쪽

* 정수동鄭壽銅(1808~1858)은 김삿갓(1807~1863)보다 한 살 아
래다. 대대로 내려오는 역관집 자손으로 이름은 지윤芝潤이고 호
는 수동. 평생 벼슬 없는 포의시객布衣詩客으로 떠돌며 살았다.
김삿갓과 대조적인 것은 안동 김씨들이 득실거리는 세도가 집에
드나들며 시와 술로 소일한 점이다.

나그네 설움-105쪽

* 김삿갓의 시 〈강좌수축객시姜座首逐客詩〉 중에서

새가 서러워-106쪽

* 김삿갓의 시 〈풍속부風俗簿〉 중에서

안빈낙도-110쪽

* 정약용의 시 〈탄빈歎貧〉 중에서

이虱-111쪽

* 김삿갓의 시 〈이虱〉 중에서

고양이-112쪽

* 김삿갓의 시 〈고양이猫〉 중에서

배고플 때-113쪽

* 김삿갓의 시 〈인양차팔人良且八〉 전문

글 읽는 소리-114쪽

* 김삿갓의 시 〈욕설모서당辱說某書堂〉 전문
'서당을 일찍부터 알고 와 보니 / 방 안엔 모두 귀한 것들 / 생도
는 다해서 열이 못 되고 / 선생은 얼굴도 내밀지 않네'

청운의 뜻-115쪽

* 김삿갓의 시 〈사향思鄕〉 중에서

술 한 잔-116쪽

* 김삿갓의 시 〈즉음卽吟〉 중에서

서당 개-117쪽

* 퇴계 이황退溪 李滉(1501~1570) : 조선조 중기의 대학자
** 서애 유성룡西厓 柳成龍(1542~1607) : 선조 때의 명재상

서당 이야기-118쪽

* 난고蘭皐 : 김병연의 호

밤마다 찾아오는 여인-120쪽

* 김삿갓의 시 〈증기贈妓〉의 여운으로

과객-121쪽

* 김삿갓의 시 〈모심내구 필과타인毛深內口 必過他人〉을 떠올리며

훈장-122쪽

* 김삿갓의 시 〈훈장訓長〉을 떠올리며

나그네 걱정-127쪽

* 장단은 개성에서 동남쪽으로 16km 지점에 있다. 김삿갓의 시 〈과장단過長湍〉을 떠올리며

엽전 두 잎-128쪽

* 김삿갓의 시 〈옥구 김진사沃溝 金進士〉 한 구절을 떠올리며

아내의 눈물-129쪽

* 마대산(1,052m) : 김삿갓이 처자식을 두고 떠났던 집 뒷산. 영월군 하동에 있음.

얻어먹은 주제에-131쪽

* 김삿갓의 시 〈평생불입무화동平生不入無花洞〉을 연상하며

저 외로움 흙으로 덮어주오-132쪽

* 김삿갓의 시 〈견걸인시見乞人屍거지의 시체를 보고〉를 떠올리며

죽은 사람만 불쌍해-138쪽

* 비단섬 : 신도薪島라고 하며, 평안북도 용천군 마안도에 속함.
'홍경래의 난' 때 반군 수장들이 모의 장소로 이용했다는 섬

피아골- 140쪽

* 피아골 : 전라남도 구례군 토지면 내동리에 있는 지리산의 한
계곡. 길이 약 25km. 연곡사에서 반야봉(1,751m)에 이르는 깊은
계곡. 옛날 이 부근에 피밭稷田이 많아 피밭골이라 했는데, 그것
이 바뀌어 피아골이 되었다. 임진왜란(1592~1598), 여순사건,
한국전쟁 등 나라가 어지러울 때마다 많은 사람이 목숨을 잃은
곳이다.

보림사를 지나며-141쪽

* 보림사는 전라남도 장흥군 유치면 가지산에 있다,
* 보림사에 있는 김삿갓의 시비 〈과보림사過寶林寺〉에서

평생시平生詩-142쪽

* 물염정勿染亭 : 전라남도 화순군 이서면 창랑리에 있는 정자
** 김삿갓의 시 〈난고평생시蘭皐平生詩〉를 떠올리며

한식날 아내 생각-143쪽

* 김삿갓의 시 〈한식일등북루음寒食日登北樓吟〉을 떠올리며

참고문헌

《김삿갓 詩 硏究》, 정대구, 숭실대학교 대학원, 1989

《詩人》, 이문열, 미래문학, 1991

《金笠 詩選》, 허경진 옮김, 평민사, 2000

《佔畢齋 金宗直 詩選》, 허경진 옮김, 평민사, 1998

《韓國의 人間像 5》, 문학예술가편, 신구문화사, 1965

《茶山 散文選》, 정약용 저/박석무 역주, 창작과비평사, 1993

《방랑시인 김삿갓》, 김용제, 범우사, 1985

《放浪詩人 김삿갓》, 김용철, 명문당, 1992

《한국풍류사》, 황원갑, 청아출판사, 2001

《역사풍속기행》, 이이화, 역사비평사, 2002

《조선의 뒷골목 풍경》, 강명관, 푸른역사, 2003

《모반의 역사》, 한국역사연구회, 세종서적, 2001

《우리 역사 이야기 2》, 조성오, 돌베개, 2001

《당쟁으로 보는 조선 역사》, 이덕일, 석필, 2001

《우리 짚풀 문화》, 인병선, 현암사, 1997